谁在拨动我的心弦

谭善陆 Tan shanlu ● 著

中国文联出版社
http://www.clapnet.cn

图书在版编目（CIP）数据

谁在拨动我的心弦/谭善陆著. -北京：中国文联出版社，2015.3
ISBN 978-7-5059-9721-9

Ⅰ.①谁… Ⅱ.①谭… Ⅲ.①诗集-中国-当代 Ⅳ.①I227

中国版本图书馆CIP数据核字(2015)第056497号

谁在拨动我的心弦

作　　者：谭善陆

出 版 人：朱　庆
终 审 人：奚耀华　　复 审 人：曹艺凡
责任编辑：周劲松　　责任校对：李　悦
封面设计：吴　凯　　责任印制：周　欣

出版发行：中国文联出版社
地　　址：北京市朝阳区农展馆南里10号，100125
电　　话：010-65389683（咨询）65067803（发行）65389150（邮购）
传　　真：010-65933115（总编室），010-65033859（发行部）
网　　址：http://www.clapnet.cn
E - mail：clap@clapnet.cn　　zhoujs@clapnet.cn

印　　刷：长沙泽荣印刷有限公司
装　　订：长沙泽荣印刷有限公司
法律顾问：北京市天驰洪范律师事务所徐波律师
本书如有破损、缺页、装订错误，请与本社联系调换

开　　本：710×1000　　1/16
字　　数：130千字　　印　张：7.25
版　　次：2015年4月第1版　　印　次：2015年4月第1次印刷
书　　号：ISBN 978-7-5059-9721-9
定　　价：35.00元

版权所有　翻印必究

序

走过孤独和绝望的沼泽地

曾祥彪

在我接到谭善陆先生创作的《谁在拨动我的心弦》诗稿之前，我对作者的了解是苍白的，经老朋友谭光电细细介绍后，才知道谭善陆先生是郴州人，他从小酷爱文学艺术，大学毕业后不久就去了珠三角闯荡。在珠三角的最初几年里，他流过浪、修过铁路、进过工厂，可谓经受到不少人生的凄风冷雨。后来他经过一番大的努力，终于用智慧战胜了苦涩，用挚诚赢得了真爱，用辛勤建好了事业平台，走出孤独和绝望的沼泽地，迎来了诗化的春天，不愧是一个有理想、有经历、有作为的时代弄潮人！

谭善陆这部《谁在拨动我的心弦》的诗集，融入了他早年的那段“浪子情怀”；疑聚了他处于低谷时期的“天涯真情”；倾诉了他那份苦涩的“说不出的再见”；也道出了一些他对“生命的感悟”。他用诗歌这种高雅的体裁，构筑了一间人性对美好追求和向往的精致“茅舍”；表达了一个血性男儿对真爱的执着和忠诚;描述了自己人生的遭际和坎坷。是他那种在孤独中坚定守望、在绝望中寻找光明、在迷茫中坚定向前的精神,构成了整部诗集的灵魂。

诗人的欢欣、从容、自信、压抑、焦急和犹豫,一般都是从他创作的诗歌语言中表现出来的,也只有诗人从内心深处喷发而出的诗歌语言才是诗人身份的唯一象征;言说中的冲动并不能给一个诗人的长期写作提供一种令人信服的解释顾城说:"语言不过是人类捕捉自己的一张小网,除了这张小网,也许人类再没有其它东西可以捕捉自己了",在谭善陆先生的诗中我们可以看到,他不但撒开这张小网捕捉自己的生活,捕捉内心变幻莫测的情感世界,而且更多的是去捕捉人性中的真情之美,来实现自己情感人生的飞跃。尤其是那首《召引的亮光》:"黑夜里行走/前方的萤火/也是一种亲切亮光/失败后的苦斗/朋友亲人的鼓励劝勉/何尝不是令心胸亮堂/倍增勇气和力量/如果在黑夜里没有光明召引/我就要失去方向/甚至于消亡/如果在苦斗中谁都远离我/我却依然会把脚步/迈向远方",让我们看到了诗人在低谷人生的境遇里那种面对挑战的勇气,那种"星星之火,可以燎原"的自信,那种即便没有外在力量借助,也将卧薪尝胆,苦苦求索,迈开铿锵有力脚步,走向成功彼岸的决心!

歌德曾警告世人:谁不倾听诗歌,谁就是野蛮人。精神大哲马丁·海德格尔在通往澄明湖晦暗的林中小路上不时提醒人们:假如我们不想在这个时代蒙混过关,通过分割存在物来计算时间的话,我们就必须学会倾听诗人的言说!因为这个时代遮蔽存在,因而隐藏存在,让我们用心来倾听诗人的心声吧!《九月的早晨》《封锁的距离》《静静地想你》《心灯》《思绪》《母亲》《谁在拨动我的心弦》《此刻我柔波如醉》《真正的男人》《到一个高远的地方去》等等，这些成熟大气之作从不同的角度抒发了爱与被爱，责任与义务、承担与分享、现实与未来的辨证情感。特别值得一提的是那首抒发正能量的《真正的男人》，让我们领略到了一个真正男人应该具备的形象和品格："真正的男人 / 是一只鹰 / 需要风 / 需要搏击的长空 / 去翱翔奋斗 / 真正的男人 / 是一只舰 / 需要浪 / 需要辽阔的海空 / 去驰荡冲击 / 真正的男人 / 藉以站立的支柱 / 是事业不是爱情 / 真正的男人 / 不为失败而怒吼 / 不为成功而狂笑 / 真正的男人 / 从女人那里得到温馨 / 同时也给予女人以爱抚 / 真正的男人 / 不去乞求女人的施舍 / 而是用行动去征服一个女人 / 真正的男人 / 不为爱而发疯 / 不为失意而消沉 / 真正的男人 / 是高山 / 是大海 / 是高山上的一棵树 / 是大海里的一叶帆"。

诗歌自古以来就是口口相传，受众极广的一种文体，是激情与现实擦出的火花。而今诗歌仿佛失去了它应有的光泽和高贵，成了少数人欣赏品读的文体。谭善陆先生在这个诗歌艺术似乎愈来愈不待见的年代里，仍一如既往地酷爱诗歌写作，独具匠心地雕琢着诗意之美、情感之美，继承和发扬着中国的诗歌传统，实属难能可贵，更令人肃然起敬！我衷心希望谭善陆先生用更大的才气和勇气把那所"诗意栖居"装扮得更加美丽，用心灵、用激情、用真诚创作出更具时代特质、更显人性光辉、更具真情个性的诗作来，回报这个伟大的时代！

2014 年 12 月于长沙

（作者系中国作家协会会员、中国报告文学学会理事、湖南省作家协会副秘书长、国家一级作家）

目录 CONTENTS

第一辑 浪子情怀

第二辑　天涯真情

第三辑 说不出的再见

第四辑 生命的感悟

第一辑:浪子情怀

LANG ZI QING HUAI

也许我可以从黑暗中
找到一丝丝光亮
像踽踽独行的盲人
在星光璀璨的夜里
和其它普通人一样
得到神圣博大的赐予

苍茫的别情

走在天涯的旅途
我没有带上
你留赠我的那份温柔
面对苍茫的远方
我只祈盼
能将向晚的孤独
交给寂寥的夜空

我深深知道
在那遥遥的旅途里
我将背负不起你的一片深爱
就让我离开了你
远远的去流浪吧

受伤过的心
已不能再为谁受伤一次了
长夜的跋涉中
只渴望那曙光的来临

亲爱的　在我未知的旅途里

如果说还有什么别的祈求
那就是当我走尽了我的天涯旅程后
还能回头看一眼你
看看你给我的那份欣慰微笑
并且 在那未来岁月的尽头
我苍老的心中
还依然珍藏着那份
深爱和温柔

依 然

我依然去追寻我的光明
即使再迈出一步就是死亡
我依然去远方寻觅
即使这出发的时刻尽是苍茫
遥远的星辰隐没了
我要努力调整好我的方向
茫茫前路里
我要在尽可能达到的高度
把那盏心中的灯挑亮

即使呵即使
四周是多么的沉寂和荒凉
即使呵即使
那心爱的人儿
再也不会给我一道
远行的目光

召引的亮光

黑夜里行走
前方的萤火
也是一种亲切亮光
失败后的苦斗
朋友亲人的鼓励劝勉
何尝不是令心胸亮堂
倍增勇气和力量

如果在黑夜里没有光明召引
我就要失去方向
甚至于消亡

如果在苦斗中谁都远离我
我却依然会把脚步
迈向远方

是 否

走了很远很远
已是前不见村店
后不见炊烟

寻觅了很久很久
得到的都已失落了
而今把青春的韵华也错过

是否我
漂泊无期
求不得果
是否我
整个人生也将错过

我要唱一支迷惘而不绝望的歌
让歌声伴随我
走过荆棘
走过坎坷

流 浪

那一天我悄然离别了家人
去远方流浪
把一颗灰冷的心儿
遗弃在故乡

从此我就开始了流浪　流浪
让东西南北的风吹走心中的灰茫
让春夏秋冬的雨洗净身上的创伤
让那绝望的爱情把我遗忘在他乡

无论流浪到什么地方
我都会记住故乡的模样
无论流浪到什么地方
我都会记住亲人的期望

游子的心
永远也连着
亲人　故乡

寻找春光

残冬
我跋涉着去远方寻找春光
走过了万水千山
却发现春光在我的后方

于是我奋力地往回赶呵赶
却被残冬的凛冽
信手撒下白茫茫碎片
在春光面前
把我深深埋葬

伫立于夜风

是什么风的吹拂让我感到如此悲凉
昨夜的星辰今夜你隐没在何方
迷失在荒漠我苦苦呼唤着什么
逝去的往日是那样的遥远而怆惶
我看见了夜的哭泣在改变姿势
我听见了上帝的祷词在变换口吻
那圣筵上的美酒被投放毒汁了
手心的玫瑰花也在风夜被掳去
今夜我面对夜空伫立荒野
抚摸新痛抚摸惨淡的秋日
是什么的使迫我便走进了无边的夜海呵
失意的人生我要对你控诉
请听听我回荡在夜空里的吼叫吧
命运——
你终有一天会颤抖

暮春时节的思绪

暮春时节的思绪
响着父亲牛鞭甩出的声声吆喝
响着一个游子心田的所有关于耕作之声息
响着母亲在农忙时节特有的匆匆脚步

栖身寄生在属于别人的城市
暮春时节的眼里
总是挥不去父母那疲惫而显衰老的身影
以及家中那头喘息着拉犁的老牛
和堂前高挂的那条“耕读立家”的千年古训

我难以自抑的乡愁
便也因此深度延伸着
连起家乡村口那条泥泞小路
在这暮春的霏雨中
眼睛润湿得好长好长……

父亲啊
您和母亲可曾知道
你们依然忧伤着的儿子

在这暮春时节的难眠之夜
一刻也不曾忘记
对着你们每日早起的时辰
向着家园的一边天空
为你们即将来临的一天劳碌
划剪一幕
深深的蔚蓝

月是思念的故乡

月是思念的故乡
月是情人的目光
月是亲人的遥望
月是远方友人的脸庞

月儿圆了　情也盈满
月儿缺了　情也萧然
月儿升了　心在遥望
月儿落了　心随梦乡

多情的月夜哟
恋人　我折一枝月桂给你
我折一枝桃金娘给你
亲人　我唱一支思乡的歌儿给你
我唱一腔游子的思念给你
朋友　我把真挚的祝福传给你
我把心中的秘密托月儿告诉你

告别来路烟波

回望来路的烟波
那醉人的温柔
曾是怎样地醉倒
猛士三千

带泪挥一挥衣袖
告别了
花的亲吻
梦的缠绵

我要去开辟另外的世界
去远方扬帆激流险滩
唯有用奋搏的斗志
才能医治好心中的伤痛

是否你愿意

我的身上落满了异乡的风尘
我的心儿已经很寂寞疲惫
为了前路的爱和光明
我还要去更远的地方探求寻觅

心爱的人哟
你是否愿意把我久等
是否你愿意
成为我黑夜尽头的那盏
召唤的明灯

如果我的前路
不是沉舟便是漂零的帆
多少年以后
心爱的人儿
你是否还会为我
夜夜招魂

旧梦无痕

今夜无风
总有一种感觉
像零花在心湖
温柔而凄婉地飘落

今夜无月
总有几缕淡愁
像夜的薄纱
哀怨地罩在空寂的心头

如是的夜里
我恍惚在追寻那远逝的旧梦
而旧梦无痕
再也觅不回那首幽深的小夜曲
在这夜之深处　伴我消魂
无痕的旧梦哟
你已消失在哪

我还是我吗　你呢

独 影

昏黄的街灯
投射出一个夜深的独影
忧沉的脚步
拖欠出心的独语
走一路孤寂
走一路愁怨的叹息

夜风 吹撩着乱发
远笛 回应着心语
有尽的
是那窄长的街巷
无尽的
是一颗失落的心

在这雨夜的守望里

心里很乱
总想借一轮明月
在这深冬的雨夜
了却那些不能满足的心事哟

记忆中心祭的仪式已经草草结束
这雨夜
那祭祀用过的香柱更是熄灭得清清冷冷
香炉里　满装的尽是忧伤和愁

烘托这凄寒夜幕的
是我竟不能低吟
或是放歌

迷乱的心境
只渴望一轮圆圆的月
在这雨夜的守望里

心 愿

寂静的原野
被雪覆盖着
目所能及的
都是一片白茫

是雪
给原野披上银装
是雪光
把心儿映照得亮堂

愿所有灰色的心房
都能得到雪光的洗照
愿那些远在南方的朋友啊
也能观赏到这无比洁亮的风光

黄 昏

满是血　我的脸上
萧瑟的路口　都是
红红的　血
我走进了
黄　昏　的　怀　里

远处　有打桩机的敲击声
传播出　沉闷的　孤独
总有一些　撒落在
沉默如死亡的
野径

归 宿

如果能够预知归期
我一定要在安息之前走向海洋
我平生向往的是壮观风暴和汹涌海浪
所以我愿长眠在海底的床上

如果我的心魂不死
我一定要在海面继续挥洒我的诗行
让那些来看海的人读了我的诗句
学我对大海心向往之的榜样

我的写在海上的墓志铭

在这片宽广水域里
安息着一个追随缪斯的灵魂
他经历过浪漫而又不幸的爱情
在世上却没有做出一点让人
　　　　　　可圈可点的成绩
他的一生穷困潦倒
并且颠沛流离
他身后什么也没曾留下——
　　　　除了几行无人玩读的诗句
而他在生命的最后时刻
却欣慰地说自己是一个真正的富翁

第一辑心语

一

如果你知道，我就是那个曾经痴情注目过你的男孩，就是那个在你抚琴的时候，远远站着为你轻轻吟唱的男孩，就是那个在不经意间，你漠然淡忘的男孩，在这天涯的旅途里，你会来看我吗？

二

如果你知道，天边那片未落泪的云彩在冬日里飘荡，它来自于我们夏日里荷塘边清莲的幽香绽放之上，采集于我们明月下乘风寻觅瀑布时与山林为友的美好时光，你还会想起我吗？

三

那雨巷，那小路，至今还记得我们滚烫的脚步，你却不知道哪里去了，留下孤独的我，泪眼模糊……

四

多少年过去了，我依然在等待那个眉眼如诗的女孩，手挚一把油纸伞，从那条光阴交错的小巷里轻轻向我走来……

第二辑:天涯真情

谁能引导我茫茫的路
谁能抚慰我孤寂的心
在那遥遥的旅途里
我只求一份天涯真情

无上的荣光

你就是我漫漫前路里
追寻的那一朵奇异的花
不管末途是地狱还是天堂
我都将无悔地向前行走

为之所爱
这是我无上的荣光和自由
拥有了你的爱恋
我就拥有了更多
痴心不悔的追求

我的爱是天上的一轮清月

我的爱是天上的一轮清月
月里尽是那如水又如水的幽幽清波
我把失望的情愫寄托在无言的清波里
任我无休地把衷情诉说

我的爱是清月下的一片静地
地上布满了一个失望儿苍白的寂寞
我把寂寞培植成清晨怒放的花朵
然后就躺在花下
入睡或者沉默

如 果

把一段情缘留给深深忆念
如果我们从此不再相见
把一曲相思存驻默默心田
如果我们彼此能够
爱得真诚且久远

不再相见
依然清纯的是往日的情怀
只要爱得挚诚
相思的愁苦也情愿
思念的泪水也甘甜

这样的夜晚

上弦月悄悄爬上了树梢
你今晚的歌
一定是给了这静谧的月夜吧

夜色是诱人的
多情的更是我诗意般的眼
在我眼里
这上弦月不就是你的唇么

这样的月夜啊
我渴望你的降临
跟你学唱赠送给月儿的歌
同沐月色的温柔

这样的夜晚啊
你可知道
月儿总是把你的歌
多情地传给我
引我应和着轻轻吟唱
直到月影西斜
直到残星隐没

静静地想你

这样一个明丽的早晨
让我静静地想你
想你涉过一泽泱泱的水湄
穿过一座栖身的围城
伴我走进那道如诗如画的风景

昨夜梦魂的影子
没有捎出花的消息
你深深的笑靥
让我觉察不到一丝夏的距离
当我不期而至来到你的城堡
扑面见到的就是那把朝思暮想的胡琴

此刻在你不能接近的晨昏
让我静静地想你
让我把梦想的原胚
植入你的心房
嵌入你的皮层

让我幸福忧伤的一个手指
在触屏里
再也找不到回去的路径

梦中的恋人

你的双唇如那摇翅的蝴蝶更犹如那开放的玫瑰
摇翅的蝶儿扑飞在我的脸颊
开放的玫瑰多情地贴在我的唇际
任我驰荡那蝶儿的温柔
任我汲吮那瓣儿的甘露

你的双眸是我心旌摇荡的太阳风
你的双眸又总是诱我飞身到一个蓝湖里去悠游
是你那蓝宝石般的波光——
　　　　　　那深藏的一泓魔力
一开始便让我惊叹和折服

你洁白婀娜的身躯
是我路行疲惫的栖所
而你饱含温情的心房
更是栖所的温床

在这栖所在这温床
你会给我鼓励给我力量给我柔情给我抚慰

你的呼吸如那大海的微浪
是你湛蓝的心海漾起的微浪托起了我扬帆的小船
因此才能在你心海里安稳地行驶

说不定啊
假如失去了你
我会干涸得发疯
我会在野外冻死
我那只启航的小船呢
也会在死水中停滞
或是在风暴中淹没

复燃的情焰

落下的纱幕仿佛又被轻悄地拉开
心中的感觉仿佛又回到了遥远的从前
痴迷的爱呵
你曾在我心海消逝得很远很远
而今这复燃的情焰
引诱我又要卷土重来

我已抛开一切不再徘徊
你可听见了我真切的呼唤
我已是爱你爱得激情满怀
远方的你是否也是如我一样情潮澎湃

过去的岁月因为爱你忍受了多少苦难
至如今多少苦难
我都把它们在心里深深掩埋
未来的岁月我要许下我不变的情怀
拥有着你的爱恋我会更潇洒豪迈

爱着我吧

我把一个愁人的爱 给你
如果这凄美的忧伤令你焦虑
我愿许你另一种神情

诸多肆虐变故的时节
冰封的眉睫展示出无奈
于是在三月的风中
面对一片片勃发的新叶
我就告退了你统治了一个漫长冬季的思念
是你依然张开的臂弯
意外地拯救出我弥留之际的呻吟

爱着我吧 爱着我
请在我无比忧伤的额头
精心印上你永恒美丽的名字
伫立在呼啸的风中
我飘忽的歌喉
才不会感到凄凉悲哀

铭刻的冬恋

经过了这个冬天
也许我们会重归陌生
经历了这份冬恋
也许我们不再青春美丽
往日的情怀
也许也会失落在那条夕阳映照的古街

所以我珍惜这个冬天
尽管这个冬天有冷风　霜雪　凄寒的夜幕
但我拥有着你
便觉得冷风也暖　霜雪似无
　　夜幕的远空有明灯闪现
所以我不愿失去这个冬天
我只担心错过了采撷枫叶的季节
冬日的爱情太匆忙便不会很久远

所以我依恋这份冬恋
尽管这份冬恋没有许诺　没有誓言
　　　　　　　　没有过多的缠绵

但我心爱着你
便觉得没有白活　心也飘然
　　　　为之死去也心甘情愿

所以我不愿失去这份冬恋
我担心经过了这份冬恋你便远去
即使今后所有的冬天还将爱你
我也注定是活得纯粹枉然

我要眯缝着眼

我要眯缝着眼
留住这时刻降临的梦幻
我要眯缝着
承受这种不敢相信的陶醉和幸福

我要眯缝着眼睛
任你摇撼我的身躯
我要眯缝着
倾听你的呼吸　心律和喃语

请别让我醒来　请别
我不能　醒来
我不能　真的
我浑涩的喉已找不到言辞
我只能唱我是一匹来自北方的狼
你在听着么

我是要眯缝着的
我要深情地听你说——噢　不　不
我要动情地听你问——这是不是梦里

我是要眯缝着的
我要迎接缪斯的到来
我要接受主的洗礼
我要细细地品味你红唇的甘甜
我要承接你的抚慰你的拥抱
我要眯缝中将你熔化
变成我生命里奔流的血

我是要眯缝着的
我不愿证实这是真实还是虚幻
我不愿想象这发生的一切将是不会再有的过往云烟

爱啊　幸福的爱
即使你给予我的是施舍
我也情愿做你可怜的奴隶
我相信　更坚信
无数的世纪过去了
你我今晚翻涌的情潮
依然会如斯澎湃我的心田

仍是如初的虔诚

乞求了几个世纪
圣母啊
你还没有吻我
可怜的人
甚至还没有触摸过你的手

仅仅因为你是圣母而我是凡物吗
而我已是乞求了几个世纪
我的心
仍是如初的虔诚

地狱之花

我把你的一个小小心愿
当作心魂的使命去努力
只为你
是我心中
至高至美的一朵
地狱之花

假 如

真想回到遥远的童年时光
让我天然的那份纯真和羞涩
能再为你放一次光亮
真想抹去心头这份忧郁的感伤
从此没有淡淡的悲凉

假如
我们的一切还能再改变
假如
我们还能再挽手
作一次无悔的飞翔

是否我们的心情
从此会得到永远的欢畅
是否
因为这份执迷不悟的情怀
你会相信
什么也不能把我们阻挡

不再孤独

告诉你
我不再孤独
只因你来到了我的身边
奇妙的色彩又布满了晴空

多少无言的思慕与期待
不再是虚无遥远的梦幻
向晚吹来的凉风
不再让我徒生欲泄的忧郁

你放开吧　开放吧
我独爱的玫瑰
请再为我绽放一次
即使是错误的芬芳　馥郁

心 灯

但愿彼此都没有背负着什么——
羞愧 背叛 或者是亏欠
至今也不知道你的出处
我只知道朝着你风华的炊烟
逶迤而来

那些貌似高贵的门坎
我无意去攀附
红尘里的俗媚
我无心去招惹

如果沿着感觉的方向可以找到一盏心灯
你就是守候在心灯旁的那个身影
如果你红唇明眸的温情
可以埋葬我青涩时种下的心事
我愿意摈弃所有的忧伤
只陪你去印证一种没有体验过的欢乐

此刻的愿望是如此葱茏
看不到飘降的雪

唯有闪闪抒情的那盏橘红
唯有远山的轻云穿透心房的温柔
请允许我用一种没有悲伤的泪水跟你倾诉和歌唱
请允许我用一生的心力来拼写你飘扬的名字
只因你　临风伫立在我心那片圣地的中央

远处的琴声

远处的琴声
是我的岸
仿佛才是昨天告别
今天就在焦渴中找寻你的身影

不可随便触摸的地方
我轻悄地展给你看
那些不可示人的痛
我含泪唱给你听

在履历揭开的入口
从此我愿贴上一片丹枫叶
让一只七彩的蝴蝶
伴我去重游那些流浪过的地方
去看一看那些曾经的天空
和那些不再灰暗的云彩

九月的早晨

九月的早晨是寂静的
仿佛感觉得到你跳动的心房
昨晚的月色是寂静的
仿佛手摸到温暖的那刻安祥
此刻 我漂流的思想也是寂静的
仿佛行李中装得满满的那份苍茫

亲爱的 相遇的路上
我们手握手
只说那些关情的话
只去坐一次很长途的火车
只去那个梦想的地方
去看一看千里之外的寂静
去走一走尘世上最遥远的路
让身临的每一天
都像走在梦中的天堂

轻轻地相守

轻轻地相守
让心飞到更高更远的地方
把岁月层次分明地剥开
静听思念的呼唤

日里计算着接近的距离
夜里梦想着甜蜜的红唇
每当我在早晨把你铺展在诗行里
所有词根跳跃得就像云一样轻盈

看不厌的是你轻盈的笑靥
听不够的是你清脆爽朗的笑声
如果人面桃花的你会在一个季节沉寂
我会化作沉默的远山
用另一种语言
与你遥相辉映

昨夜的相约已续写在梦里
庆幸我们都不是那匆匆的旅人
在这溢满阳光的早晨
仰望天空
我只能做一件事
那就是 深深地唤你

此刻我柔波如醉

此刻
我柔波如醉
只等你前来给我加冕
看吧　这刻的阳光多好
山花亦含笑　秋水展碧波
仿佛都在等着你的飞身而来

如果有你在我身边
你一定不会让我浪费这孤寂的时间
你这可人的琴儿
只会引着我把含情的心思
借一架竖琴来演奏

如果可以待到入夜
可以待到入夜后的月明人静
又何堪让我遥望啊
那个真实而又缥缈的你

什么样的恋情

什么样的恋情
这样进入夜的主题
当你我相约着漫步林际
当我们的手臂和唇
相拥相接在一起

什么样的深情
如此令我陶醉和恋依
当我凄迷的眼睛在夜空搜寻
当我终于找到了你万般柔情的眼睛

什么样的痴情
这样令我无怨无悔
在我无力再爱你的时候
依然还听见你真切的唤归

什么样的爱情啊
将会如此来去
海浪般汹涌而来
什么时候又会风暴般悄然而逝

第二辑心语

在人生这条迂回的情路上,我并不知道自己是要和你相会的。

我来不及穿上最华美的服装,来不及为你准备一条最精致的丝绦,来不及在众神的花园里采撷一束绚烂的鲜花,也来不及准备好我要向你倾吐的第一句话语。

我手足无措地立在路旁,像是正在找寻一个藏匿之处却又无处可藏的雏兔。而你正好在这时候款款向我走来,生动得像夜空里的一颗熠熠生辉的星辰。

我不敢以卑微的心来探测你传递过来的眼神,也不知道你清澈的波光里涵容了多少诱人的底蕴。

我来了,就安心让我在你的灵魂深处借住一宿吧!既然我光着脚丫来到了你的门前,既然你打开心扉准备迎接我,就耐心让我把这首求宿的歌唱完吧!

等到次日的天明,我将不再打扰你,我会披着清晨时你送我的一身温暖去继续我的流浪……

第三辑:说不出的再见

倘若我轻信风的耳语而背弃了明月的爱情;

倘若明月因夜的百合花的光泽而羞惭,退隐到阴翳的云层;

倘若云不愿被灿烂的朝霞所唤醒,与雨为伴,降落到那仲秋里最后一朵开放的莲花之上;

倘若最后一朵莲花的开放是因为那片新生荷叶无以衬托的感伤;

倘若那感伤缘自于诗人抑郁无法释怀的心房之上;

倘若那个无所作为的诗人就是我。

我会为谁悲伤……

梦一样的爱着你

梦一样的爱着你
现实却使我走进深刻和走入深沉
许多个清晨
天边的启明星刚刚隐去
无故的便会从悠远中醒来
回想起那个迷醉的晚上
我是怎样的伏拥在你的怀里
仿佛也是被你抱拥着
如圣母紧紧地抱着那个刚刚降生的孩子
我是否真的被你如此地爱着
我不知道
许多个圆梦的早晨
我都默默祈祷

而今　我已不能从梦里醒来
为什么迈开了步就会走入那么深
我拥有的是否是一个破碎的生命
和一只靠岸后又会远离的帆船
在这世界无情的一隅
谁的风在吹拂着我呵

告诉我 此刻我还是梦里的生

寂辽的沙地
我梦里植种的树已经青翠欲滴
骚动的摆曲
伴我在林中的空地里舞蹈
我牵拉着你的手
疲惫后什么东西在催眠
柔柔的　湿湿的
在我唇里　揉

语言消失了
好些东西在开始流动
真实的手臂哟
梦里哪会有如此的相拥

分别以后

分别以后　你便是
我渴慕思念的那棵橡树了

天空　我痴迷凝注的眼
真切的呼唤
你总是我无比爱恋的唯一

所有的记忆
不再是关于冰封的冬季
你给予我的
依然是温柔与激情

也许　我只会粗糙地爱你
但请相信
即使时空把我们相隔得很远很远
你那温柔的臂弯　灵灵的双眸
都会令我在所有的难眠之夜
多情如处子
总是难以自抑地
反复吟读你为我精心构思的情书

我不知道

我不知道 如磐的黑夜
唱起那沉重的挽歌
那是一种什么样的感觉

我不知道
露珠晶亮的早晨
唱起那如梦的咏叹调
那是一种什么样的心情

假如这挽歌
是因她为我
假如这叹调
是因我为她
我不知道那是一种什么样的感觉
我不知道那是一种什么样的心情

也许是　真也罢
也许是　悲也罢

在清晨的犹醒时分

随意的你便可引出我的忧伤
抛下一段回忆　一段痴情
一段永远猜不破的朦影

夕阳　因为我忧沉的脚步
倾泻出它的余血
清月　因为我痴神的扣问
尽情洒落它的幽辉

忧伤的日子
难罢痴情
于是　那黄昏的血和夜半的幽辉
总被酿成易醉的酒
在清晨的犹醒时分

今夜　我要告诉你

也许是最后一次偎依你的温情
也许是最后一次不是在迷幻中亲吻你
无比娇媚的双眼
我已掂量不出这种悲凉激情的沉重或
是我早已失去了感觉
就让心里无尽的痴爱断在今晚的临别

我已预知命运降予的又一次无奈
我已感知到一种灵光的惭惭消逝
今夜我相拥你温而柔软的躯体
感受着这种无穷痛楚　无穷恋依

不要相信我屈服了无奈
我从来就习惯把无奈当作新的起点
请别相信我眼角闪现的泪花
那是我难以掩饰的一种无所谓的潇洒

如果我注定不能给你以幸福
今夜　我想让你知道
我就同样不会给你连带忧伤和苦痛

痛别东塔

那一切都已成为往昔
我的心怎能不蓄满泪光
东塔　相忆楼
此一别
不知何时再来把你们探望
我的心
怎能不蓄满泪光

这种别离的苦痛
使我相信了爱情就像一场梦
因为梦的完美
醒来的时候才如此
疼痛万般

爱的伤痛

我的爱　你不要这样离去
既然已降临了我的心中
即使痛苦
我也情愿承受

真正的爱啊
为什么总是要伴随着苦痛
就像我
如果不是因为倾心爱你
我的心
就不会满怀这爱的伤痛

良药去哪里找

你的芳唇发烫的一吻
早已把我的脸灼焦
辣辣的痛呵
需要你唇液的敷调
而今你无情地离我而去
良药去哪里找

虽然人的生命微不足道
接吻的时刻价值却高
明知你不会随我走
该死的脸就是要往你唇边靠
以致被重度灼伤

你无情地把我离弃良药去哪里找

悄声问候

思念之夜如此漫长
轻声遥唤的
依然是那深情的远方
那里有我失去的恋人
那里有我痴情的梦想
虽然那远去的人儿
早把一切都给遗忘

而我却永远不能把她遗忘
尽管她曾经把我深深刺伤

思念之夜如此漫长
我要把悄声的问候传去那远方
往昔的恋人哟
你如今安好

春天来过

不要从你远去的路上回头看我
此刻 我已不能想起太多
惆怅东栏二株雪
爱恋如这梨花淡白——
春天来过

别再以你随意的忧伤来安慰我
其实　那梦从未改变过
池畔菀菀柳深青
心情如这梨花淡白——
我曾来过

我不埋怨你

我不埋怨你
虽说爱不能作假
我曾用最真挚的情
来换取你唯一的爱
你没有成全我
我不埋怨你

至如今
我已没有再爱你——虽然你
依旧那么诱人倾慕和爱恋
唯有永远的诗情浪漫
陪伴我
在这冬夜里
偶尔想起你

这样的日子叫做思念

这样的日子叫做思念
这样的心境叫做惘然
透过窗门看天
有你天空蓝得像海
无你天空灰得发白

这样的日子爱着你才知道什么是无奈
这样的心境提笔才发觉抒写的尽是满纸萧然
独坐书案前
凝注照片中那双深秋般的眼
令我许多想说的话也说不出来
欲喊　也是枉然

这样的日子
我嚼味着明白了一点什么才是爱
这样的心境
我因为缥远的想像
求证着白云、蓝天

枯水季节

季节　又将渗透一个秋
秋天　枯水的季节
我的采莲船搁浅在远方
再也划不进你深秋般的眼潭

曾经夜夜守望的湖面
而今月色皎洁　莲子熟妍
纵是子规清啼　凄声招归
都已不再相干
都已逝如云烟

初情如梦
凄朦渐次深浓
仰寻一缕淡云
寄托遥夜的哀思
情系遥夜的远空

失 约

一夜无诗
相约成了守望
终于
魂游郊野

清冷的心
漫移的步
和伴午夜山鸟的独鸣
焦候这夏夜的最末一个黎明

痴眼依旧寻望
那远处黝黑的山头
今夜是否还燃映出篝火

无你相伴哟
后半夜的风
凉意惊心

黄昏绝唱

不是因为夕阳
才深深沉醉暮色
不是因为晚霞
才仰天抒一阙惘然凄厉的绝响
也不是因为无奈于萧然
才不忍让你看见我盈盈的泪光

黄昏的恋人哟
你可知道你的诗人在寻找着什么
你可知道——
那狂奔的猛兽在寻找着壮士的刀
美丽的飞鸟在寻找着束缚的牢笼
不羁的心在寻找着毒色的眼睛

狂惑的诗人仍然在茫然寻找

真愿你就是那把锋利的刀
我滚落的人头会对你报以感激的微笑

你又怎会是我拥抱的水

把那些思念过你的神经
抽出来
浸泡一下硫酸
把那些珍藏的记忆
点上火
让它化作云烟
潇湘水啊
也任你风干
我不是你流经的河床
你又怎会是我拥抱的水

梦醒的时候

梦醒的时候才知道
多少个甜美的往昔日子
都是借来的时光
被如期索还后
剩下这颗一无所有的心
体味悲凉

梦醒的时候才知道
该走的都走了
唯有疲惫的影儿在原处
忧伤　彷徨

我在沉落
我在消亡
只因那痴恋的人儿
带走了我生命的亮光

我还没有真正放弃

我曾经在你身上寻找
那失去的很遥远的激情
你给了我
而后又匆匆离去

我曾经在你身上祈盼
那久违的柔情和沉醉
你给了我
而后又匆匆消逝

我曾经在远空寻找那颗星星
我找到了
随后又被遮上一片乌云

至今 我的心虽已憔悴
但还没有真正放弃
为了心中的一线光明
我愿付出生命的全部心力
唯有你那缪斯般的眼神
才是我诗情澎湃的源地

致——X

一

什么时候才能陪你守夜
数尽天上的星星
什么时候才能共享那一天
一切的都已如期来临
梦呵　是那样的遥远又遥远
沿着苍茫的天际望去
心爱的恋人
我看不见你

不要让我感到如此遥远
我疲惫的心已始觉沉重
不要让我爱不着你
如今我是站在人生的低谷向你挥扬手臂
不要让我爱得伤悲
不要让我的迷梦只留下一个苍白的幻影

如果不是为了心中一份圣洁的爱
发生过的一切又有什么特别意义

如果不是因为真心爱你
我又怎会抒写不尽这痴爱的旋律和主题

二

当你从你的远方
不再传来一句应有的话语
当你把你的心带走
去到一个阳光遍地的地方
已匆匆地把我忘记
我只能埋葬起所有的回忆
冥冥中为一个新鬼超度亡灵

不能成为将来的前缘
已无从考究它的前世所源也罢了
我都会把它当做一笔丰腴的财富
视你馈赠我的一份厚礼
被我受用一生感激一生
此生拥有过你的情怀
面对这莫测的人生和世界
我已毫无怨言
而仅有对你深深的歉然

如果你愿意
远去的人儿
我会把珍藏的那份
也完整的
交还与你

三

我知道往事已漂逝如烟
所有的记忆都已封存在远古的冰川纪
你悄无音息地远离了我
从夏季的边缘我就独自走进了这凉意已深的秋

我又重新回到我原来的寂寞之巢
变得冷冷僵僵　玩世孤傲
任随意吹拂的秋风掩上这道你曾经打开过的门
任午夜的蝙蝠窜飞在这死气沉沉的黑房里
蝙蝠们锋利的牙齿啃吃了房里的
　　　　秋蚊之后一定会来啃吃我的
当它们吃完了我的血肉之后
一定会感激和怀想我的大度和馈赠

从此你就再也不用想起我了
一个残缺的人生如何消度剩下的时日
夕阳下清月里还会有谁为你洒泪和消魂

从此你也不会再想到啊
是谁点燃的一把无情野火
把那个牧草枯黄的猎场焚毁

四

梦里依稀
我化作了蝶
去远方把你寻觅

我知道再也找不到你
我去过高山　湖泊　森林　沙地
每处只见到你变幻的白影

于是我只好结茧作蛹
在一个金钟罩里
自我封闭着
苦苦炼狱

五

不能求你陪我去走一段寂寞的路
寂寞的行程只能拥有清冷的星光去求索
不再说失去了什么就不能活
不属于自己拥有的拥有了便是十足的错

我不能再求你说明点什么
何样的结局时间最终都会告诉于我
我不能在这时光的流逝中沉浸于悲哀和寂寞
短暂的生命岂能是为了培植寂寞的花朵

我已不能忍受你长久沉默的折磨
故施折磨的爱情又算得了什么
就当你从来没有真心的爱过我
就当我从来没有为你唱过一首至纯至美的赞歌

我不能再去奢望或许明天你会蓦然回首
走过了深谷我自会走出那暮色苍茫
告别了苍茫一切将恍然如梦
我不在乎

前路有太多张开的网

六

从此　还有谁的眼睛
能激荡我的诗情
还有谁能够把持
我心中的烦恼和平静

从此　我还能去哪里寻觅
黑夜里那盏遥远的灯
又有谁再伴我
去天涯远行

我知道从此
不再是你凝望的星星
而你
却依然是我心中的美丽与永恒

你温润的唇　娇媚的眼神
你的声音
你那温柔颤动的心
怎能让我忘记
它们已铭刻在我心中——不可磨灭
即使是很久很久以后
我还会去爱恋别的女人

飘逝的风筝

风筝被云隐没的日子
天花板排印出孤独
这样的日子
我习惯了渴盼
用泪　用苦憔　代换

雨天　就用笔蘸点雨水
写些不留痕迹的诗句
炎日　就用吃剩的瓜皮
擦擦熟透的心
你　飘到了哪里
身上可还附着我的幽灵

为什么这样　不别就离去
为什么这样　一去就再无回音

飘逝的风筝
就这样
带走了我的魂

封锁的距离

清晨的雨
冷冷而凄迷
在去一个城市的路上
又习惯地拐进了那个熟悉的路口

我想远远地看一眼那个身影
那个在冷风里穿着风衣的女人
今天是否还是那么楚楚动人

是一种孤寂轻而易举地阻击了我
让我无法越过湖边的拐角
只有躲在不易察觉的屋檐下
经受内心的自伤和难过
任冷峭的风
吹落酝酿已久的泪

何必再去写那些别离的诗句呢
看看这迷朦凄冷的雨就已经足够
今生注定总是在烟波江上

找不到一盏合韵的渔火
照亮我半生的苦涩和凄迷

我唯携昨夜读剩的半江寒月
封锁那段不近也不远的距离

也许是到了该说再见的时候

也许　是到了该说再见的时候
我看见了一种黑色的无望在悄悄进逼
天边　一只折翅的孤鸟在凄厉地哀鸣

是生活不可随意向往那至美的吗
不能发芽的种子沉压在心底
唯有清冷的星光偶尔抚慰过它的伤情
曾经经历过的金秋季节
也许是一场迷幻的梦
再一次让我冻结在这深冬的冷霜里

其实什么都可以不在意
生命里递增的绝望也任由它在心空悲鸣
幻化的羽翼注定在飞翔之后
要折迸出一串晶莹的泪

远古而来的断续情缘
在这世纪之末的结局
只能恰似那扑火的飞蛾
再现片刻的璀璨后便死灭了

也许　真的是到了该说再见的时候

第三辑心语

在那个深秋的雨季,天宫画师似乎因缅怀过去而心情忧郁地用他的画笔，在天边忧郁的色调上加抹了一层迷朦的雾色,仿佛伤心人的眼里被朦上了一片潮湿的雾珠,从此让我再也看不见了你……

第四辑:生命的感悟

LANG ZI QING HUAI

不要鄙夷罢，所有在喧闹集市上行走的人们，不管你们用什么姓氏与身份筑成的高墙,最终都会一样坍塌为元初的泥土。

可不是么?看那纵横奔流的千万条小河，它们最终流到的，就是同一个叫做大海的地方!

思 绪

有时候我会想起遥远的童年
那些纯真的欢笑
和幼小心灵体会到的苦难

有时候我会想起那破灭的梦幻
那段甜蜜的初恋
和随之而来的风暴严寒

有时候
我会想起那多少次的苦斗和失败
那些雨中的凄茫
和风中的嘶喊

而今我更多的是思索漫漫人生
面对生活又怎能去乞求命运的公平
人生的使命就是抗争和努力

为了一个大写的人生
为什么不能多品尝些艰难和不幸

海的爱情是什么

这世界　海呵
总是在呼啸
想要漫过堤岸
吞噬那些缘于海的石头

这生动的情景
总让我想起海滨的浴场
那水里总有些海的同类物
沙滩上总有些支起凉伞的他们
在等待潮——等待潮水的涌动
以便顺潮回归入海
去寻找那些不曾爬上陆地的祖先

而天空　遥映着海
碧蓝碧蓝
所有的鸟们自从走出了海
便忘记了海的丰腴

只有海依然保持着本性
它包容一切

呼唤所有的背离回归

人类的文字　面对海
有几个字面意思能够表达
海的爱情是什么

爱的尊严

不要为了纯粹的爱
而失去做人的尊严
下跪求得的爱
是一种至极的可怜

真正的爱呵是一种心底的呼唤
真正的爱呵是一种可靠的等待

如果为了那所谓的尊严
而放弃了真正的爱
那又何尝不是一种至极的悲哀

爱的随想

爱情应该是双方的一种相对付出
然而又决然不是那种租赁形式的交换内容
只有付出而不得回报的爱
不论如何也是一种酸涩和无奈
但是只要值得
这种付出就不会成为损失
而爱一个不值得爱的人
即使只付出一点也是一种莫大的浪费
最终只能得到伤痛和悔恨
接受一份不当有的爱呢
这无疑是接近于罪恶
至少也是一种不幸的开始

呼　唤

沉着的呼唤
诘起梦的觉醒
彷徨的命运
如微尘覆盖微尘

就像从天空的金泉中注下的声音
穿越层层黑雾
为新生的种子打开萌发之门
在沃沃春土之上
获得重生

又像佛祖慈令痴者皈依神的足下
每日诵念光明的经文
让漂泊的心
在晨钟暮鼓里
得到最终的安宁

灵魂的收割者

你
无声地
伫立着

近得
能让人
伸手可握
又遥不可及

思想
如一把半熟的稻穗
青里透黄
黄中透绿
——旨在深意

有人说
你的形象
点缀了整个季节
而你　仍是缄默不语

就像一位大师
不动声色地挥毫
只用草草的几笔
就把仲夏的灵魂
收割了

只要你会闻

只要你会闻
泥土中何尝没有鲜花的香醇
鲜花中何尝没有泥土的气息

只要你会听
天籁中何尝没有动听的悦音
悦音中何尝不是组合有美妙的歌声

只要你会欣赏
极目所触的何尝不都是风景
风景中何尝不都是天公的神笔

只要你会感觉
发芽的树枝　飘零的落叶
星月交融的天空
何尝不会触动你心灵的感应
感应中何尝不会有一种收获的震惊

只要你会　你心中的爱
便是一幅永不褪色的风景

母 亲

母亲　你给了我夏云飘逸般的灵性
给了我深邃如漆的眼睛

母亲　是你智慧而又勤劳的双手
一直把我的前路来指引

你遍尝了一个失意儿收获给你的苦涩果实
是你执着对未来的深信
总是唤起我梦的觉醒

你把朴素的图画描绘给黎明前的黑暗
你用最温婉的嗓音
给我安魂

是你永远信首低眉的那一目柔情
经意地将我的爱牵引
我的母亲

谁在拨动我的心弦

此刻　谁在拨动我的心弦
在缭绕的余音里
我心灵的灯
情愿在热闹中熄灭

我知道哪里才是我沉默的终归
我知道谁才是我永远的安息

躺在故乡的怀里
我所能付予的慰安
不只是微笑
还有心海里飞溅的浪花
和堪怜被禁锢了很久的一颗诗心

醒 悟

诗意的人生
并非是诗意的生活
真实的世界
看不到半点精彩
梦才长出现实里的根

不是太多的凄凉或精彩
才使许多的人从现实误入了梦
不是太多的奢望和企盼
才使许多的游勇从梦里跌进了现实

晃晃悠悠从梦里走来又从梦里走去
只恨随身没有携带几把开垦的山锄
在梦醒之后
多开几亩荒地
去孝敬和安抚一颗失重的心

苍白的掩饰

无奈的人生是如此苍白
苍白的掩饰亦是如此易被戳穿
若是以几种不同的诠释
能自圆一些非常矛盾的外象
平生又能把几件得意的闹剧带进墓冢

我不是那游走钢丝绳的疯子
也不是什么把酒吟唱的诗才
而我又总是割破自己的股动脉
看那血的颜色和盲动的流向
等待一次次的死亡

所以为了掩饰苍白的缺点
要在花期临近的日子
把外露的部分涂上放出的血色
要在黄昏到来的时候
高唱几声非常大亨的歌

这些　常人又怎么能够懂呢
可不是么　那些遭过雷击的
又有几个不怕无风而有雨的夏天

已不愿希求太多

已不愿希求太多
因为这颗受伤过的心
曾经走出过冷冷的沙漠
疲倦了梦中的那个传说
那本厚且深奥的书
也几次翻读过

亲爱的朋友
你给予我的是如此丰厚
我已深怀感激

只愿 这心儿
不再发芽
以免把相安的现在
铸成
再一次的错

如果心都成了沙地

我需要你的友情
正如我以前需要你的目光
只要学会遗忘
朋友　我们又何愁没有
友情的海洋

都说　人心是一片片禁地
这是哪里的胡言和鬼话

只是啊
如果心都成了沙地
那才是真正的绝望

黄昏忆念

站在往昔的回忆里
默然地聆听一种轻柔的声息
残阳　那片殷红的血
在黄昏的意象里
总要凝重我思维的永恒主题

曾经有过的时光
你给了我多少灿烂辉煌的梦想
在那风雨漂零的远方
你曾寄去几多绿色的柔情

是记忆里那一场冬日的寒风卷
走了一切吗
而今大梦醒来
却茫然不知何处
再有那呼唤的手臂

夜

你的无语
只是为了
倾听更深的鸣叫

谁轻轻沉睡了
把青春炖在文火上煎熬

一只老迈的蜘蛛
在窗格上交织着寻觅的网
等待捕获
梦的希望

待到清晨
天边
一颗余星仍是燃亮
你轻悄地告诉我
那是你的追逐之光

仰望星河

仰望星河
我是星河里的哪一颗
那明亮的
何其闪烁
那幽暗的
何其微弱

我要做星河里明亮的那一颗
以璀灿的星光点缀星河
如果我注定暗淡微弱
我宁可化作陨星
以瞬息的光华
无声坠落

自 勉

不能让自我的失败
和别人行动
把心儿给伤害
血肉的身躯是脆弱的
唯有意志使人变得坚强

因为失败
将获得更多经验去求取成功
别人的行动
又怎能成为
真正勇士的障碍

真正的男人

真正的男人
是一只鹰
需要风
需要搏击的长空
去翱翔奋斗

真正的男人
是一只舰
需要浪
需要辽阔的海空
去驶荡冲击

真正的男人
藉以站立的支柱
是事业不是爱情

真正的男人
不为失败而怒吼

不为成功而狂笑

真正的男人
从女人那里得到温馨
同时也给予女人以爱抚

真正的男人
不去乞求女人的施舍
而是用行动去征服一个女人

真正的男人
不为爱而发疯
不为失意而消沉

真正的男人
是高山
是大海
是高山上的一棵树
是大海里的一叶帆

我要去鸟的天堂

我要去鸟的天堂
是鸟们清脆动听的歌声
令我心之向往
是鸟们的翅膀
才能告诉我如何学会飞翔

我要在鸟的国度里
脱去身上沾满污浊的衣裳
让身上长满洁亮的羽毛
我要在鸟的天堂里
把诗句洗炼得清丽又明亮
让思想插上翱翔的翅膀

到一个高远的地方去

走吧 到一个高远的地方去
那里有真正的大气纵横 秋水文章
心在驰往
大师们已在列次而坐
我却羞于带上我的稚作去拜谒
但此刻的笑容却是动情灿烂

走吧 去一个字字玑珠的地方
那里有羲之的信徒 米芾的老乡
他们都是源自远古的莒
而今为书画雅事而聚

此刻我唯诚恐
遥望大师
让我如何才能从容
笔落潇湘

这一趟朝圣之旅
一定会让我永生难忘
也许从此会让我漫成一片秋天的海
或者　熏染得气若菊兰

结束语

谁在人生奋斗的道路上没有遇到一些曲折和坎坷？谁在失意爱情的经历中没有受到一点折磨和伤痛？谁在几经挫败的现实里没有尝到一种孤独和绝望？

苍茫寻梦千万里，历尽天涯始见心！

回首走过的路，那些曾经的曲折、坎坷、折磨、伤痛……，其实都是我人生的巨大财富！

所以，我自豪并且无怨无悔！